MW00895665

GLISSADES ET PIROUETTES

Adaptation de Bob Barkly

Illustrations de Carolyn Bracken et Ken Edwards

Texte français de Christiane Duchesne

D'après les livres de la série « Clifford, le gros chien rouge » de Norman Bridwell.

Adaptation du scénario « That's Snow Lie » par Scott Guy

Catalogage avant publication de Bibliothèque et Archives Canada

Barkly, Bob
[Winter ice is nice. Français]

Glissades et pirouettes / adaptation de Bob Barkly ; illustrations de
Carolyn Bracken et Ken Edwards ; texte français de Christiane Duchesne.

(Lis avec Clifford)
Traduction de : Winter ice is nice.
Basé sur une des aventures du personnage de Clifford créé par Norman Bridwell.
ISBN 978-1-4431-3812-3 (couverture souple)

I. Bracken, Carolyn, illustrateur II. Edwards, Ken, 1965-, illustrateur
III. Duchesne, Christiane, 1949-, traducteur IV. Titre. V. Titre : Winter
ice is nice. Français. VI. Collection: Lis avec Clifford

Édition publiée par les Éditions Scholastic,
604, rue King Ouest, Toronto (Ontario) M5V 1E1.,

6 5 4 3 2   Imprimé au Canada 119   15 16 17 18 19

C'est l'hiver sur l'île
de Birdwell.
Émilie et ses amis jouent
dans la neige.

—J'y vais! lance Charlie.

Il descend la pente

à toute vitesse.

Clifford et ses amis jouent

au terrain de soccer.

Le terrain est couvert de glace.

— Regardez bien! dit Nonosse.

Je vais vous montrer ce que

je peux faire.

Nonosse s'élance.

Il fait un bond…

et glisse sur la glace!

— Regardez-moi,

dit Max.

Il fait un bond

et glisse, lui aussi.

C'est au tour de Clifford.

Il prend son élan…

Oups!

Il a sauté trop loin!

Clifford recommence.

Mais cette fois, il saute sur la glace.

—Youuuuu! dit Clifford.

— Attention! crie Nonosse.

Clifford s'arrête juste à temps.

— C'est très amusant! dit Clifford.

À ton tour, Cléo!

— Euh… d'accord, dit Cléo.

J'y vais.

Cléo fait un petit pas…

et s'étale sur la glace.

Clifford, Max et Nonosse
accourent.

— Ça va? demande Clifford.

— Euh… je me suis fait mal
à la patte, dit Cléo.

—Veux-tu qu'on aille chercher
le docteur? demande Nonosse.

   — Non! s'écrie Cléo. Il faut seulement
que je laisse reposer ma patte.

Clifford prépare un siège pour que Cléo

se repose.

— Un fauteuil de neige! dit-elle. Super!

Max glisse toujours. Il s'amuse comme un fou.

Plus tard, Clifford ramène

Cléo à la maison.

— Merci, Clifford, dit-elle.

Cléo boite jusque chez elle.

— Hé! dit Nonosse, je croyais que
c'était l'*autre* patte qui te faisait mal.

Cléo s'arrête.

— Oh non! dit-elle. Maintenant,
j'ai mal aux deux pattes! Il faut que
je rentre me coucher.

Le lendemain, Clifford, Max et
Nonosse passent chez Cléo.
Elle joue dans la cour.

—Tu viens glisser avec nous?

demande Clifford.

Cléo cesse de jouer.

—Je ne sais pas, dit-elle.

J'ai encore mal à la patte.

— Je croyais que c'était une patte
de devant qui te faisait mal, dit Max.

— Ah oui, c'est vrai! dit Cléo. Mais
ne vous en faites pas, je peux aller
vous regarder glisser.

— C'est bizarre, dit Nonosse.

Le mal de patte de Cléo se promène

d'une patte à l'autre.

— Oui, c'est bizarre, dit Max.

À la patinoire, Clifford s'assoit sur
la glace et tourne sur lui-même.

— Allez, venez! dit-il. C'est amusant!

Nonosse s'élance sur la glace.

Mais Max ne bouge pas.

— Je ne sais pas comment faire,

dit-il. Je vais avoir l'air ridicule.

— Ça ne fait rien! dit Clifford.

Personne n'est parfait du premier

coup. Essaie!

— D'accord, je vais essayer! dit Max.

Max tombe une fois, deux fois. Puis,

il arrive à tourner aussi vite que Nonosse

et Clifford.

Cléo bondit sur ses pattes.

— C'est vrai que ça a l'air amusant!
dit-elle.

Tout à coup, elle lève la patte.

—Ta patte a l'air d'aller mieux,
lui dit Clifford.

—Je pense que tu as raison!
dit Cléo.

Elle s'élance sur la glace.

Cléo tourne et tourne.

—Youpi! crie-t-elle.

—Tu n'as plus mal à la patte?

demande Max.

Cléo baisse les yeux.

— Je ne me suis pas vraiment fait mal, dit-elle. Je n'avais jamais glissé. J'avais peur d'avoir l'air ridicule.

— Essayer des nouveaux trucs avec ses amis, c'est toujours amusant! dit Clifford. Et avoir l'air ridicule aussi.

—Tu as raison! dit Cléo. Alors, ayons l'air ridicules ensemble!

Tu te souviens?

Encercle la bonne réponse.
1. Clifford et ses amis jouent…
   a) sur une pente enneigée
   b) au terrain de soccer
   c) au terrain de jeu

2. Que fabrique Clifford pour Cléo?
   a) un bonhomme de neige
   b) un fauteuil de neige
   c) une boule de neige

Qu'arrive-t-il en premier?
Qu'arrive-t-il ensuite?
Qu'arrive-t-il à la fin?
Écris 1, 2 ou 3 dans l'espace qui suit chaque phrase.

Cléo s'étale sur la glace. _____

Nonosse fait un bond
et glisse sur la glace. _____

Clifford s'assoit sur la glace
et tourne sur lui-même. _____